Adolphe Adam

Souvenirs d'un musicien

Anatiposi

Adolphe Adam

Souvenirs d'un musicien

Réimpression inchangée de l'édition originale de 1860.

1ère édition 2023 | ISBN: 978-3-38272-154-1

Anatiposi Verlag est une marque de Outlook Verlagsgesellschaft mbH.

Verlag (Éditeur): Outlook Verlag GmbH, Zeilweg 44, 60439 Frankfurt, Deutschland
Vertretungsberechtigt (Représentant autorisé): E. Roepke, Zeilweg 44, 60439 Frankfurt, Deutschland
Druck (Imprimerie): Books on Demand GmbH, In de Tarpen 42, 22848 Norderstedt, Deutschland

SOUVENIRS
D'UN MUSICIEN

PAR

ADOLPHE ADAM

MEMBRE DE L'INSTITUT

PRÉCÉDÉS DE NOTES BIOGRAPHIQUES ÉCRITES PAR LUI-MÊME

DEUXIÈME ÉDITION

PARIS
MICHEL LÉVY FRÈRES, LIBRAIRES-ÉDITEURS
RUE VIVIENNE, 2 BIS

—

1860

A M. LE Dr LOUIS VÉRON

Permettez-moi de vous offrir ce livre en souvenir de l'amitié qui vous unissait à mon mari.

CHÉRIE AD. ADAM.

NOTES BIOGRAPHIQUES (1)

Je suis né à Paris le 24 juillet 1803; ma mère était fille d'un médecin de quelque réputation, T. Coste, dont le costume et le physique avaient une si grande ressemblance avec toute l'allure de Portal, que l'un et l'autre ne se traitaient jamais de confrères, mais toujours de ménechmes.

(1) Ces notes n'étaient pas destinées à la publicité. Ad. Adam les avait écrites pour lui; mais nous avons pensé qu'elles pourraient avoir, après sa mort, un certain intérêt, au moins au point de vue biographique. Nous avons cru devoir en respecter la forme qui, par sa négligence, témoigne de la rapidité avec laquelle elles ont été écrites, et de la fidélité de ceux qui les offrent aujourd'hui au lecteur.

Si j'étais Roi, 3 actes, Théâtre-Lyrique.
La Faridondaine, Porte-Saint-Martin.
La Fête des Arts, cantate, Opéra-Comique.
Orfa, ballet, 2 actes, Opéra.

1853. *Le Sourd*, 3 actes, Opéra-Comique.
Le Roi des Halles, 3 actes, Lyrique.
Le Bijou Perdu, 3 actes, Lyrique.
Le Diable à Quatre, de Solié, réorchestré.

1854. *Le Muletier de Tolède*, 3 actes, Lyrique.
A Clichy, 1 acte, Lyrique.

1855. *Victoire!* cantate pour la prise de Sébastopol, chantée à l'Opéra-Comique et au Théâtre-Lyrique.
Le Houzard de Berchini, 2 actes, Opéra-Comique.

1856. *Falstaff*, 1 acte, Lyrique.
Le Corsaire, ballet, 3 actes, Opéra.
Mam'zelle Geneviève, 2 actes, Lyrique.
Cantate pour la naissance du Prince Impérial, Opéra.
Les Pantins de Violette, 1 acte, Bouffes-Parisiens.

Environ 150 morceaux de piano, des marches à grand orchestre, des romances, des morceaux religieux, un *Mois de Marie*, des morceaux pour l'orgue Alexandre.

Mon père, le fondateur de l'école de piano en France, était alors âgé de 45 ans. Né en 1758 à Mitterneltz, petit village à quelques lieues de Strasbourg, il était venu à Paris à l'âge de 15 ans. Les exécutants étaient rares alors et mon père jouit d'une vogue qu'il conserva pendant toute sa longue carrière. Ami et protégé de Gluck, il réduisait pour le clavecin et le piano presque tous les opéras de ce grand maître à leur apparition. Mon père se maria fort jeune; il épousa d'abord la fille d'un marchand de musique et perdit sa jeune femme après une année de mariage.

Pendant la Révolution, il se remaria et épousa une sœur du marquis de Louvois; le contrat de mariage porte la signature du mineur Louvois. Mon père eut, de ce mariage, une fille qui vit encore et qui est mariée à un colonel de génie en retraite; elle habite Dijon avec sa famille. La seconde union de mon père ne fut pas heureuse; il divorça: sa femme épousa le comte de Ganne et est morte, il y a peu d'années.

Ma jeunesse se passa dans une grande aisance. Ma mère avait apporté une centaine de mille francs à mon père; il était le maître de piano à la mode sous l'Empire, je voyais souvent à la maison le comte de Lacépède, grand amateur de musique et presque toutes les célébrités de cette époque.

A sept ans, je ne savais pas lire, je ne voulais rien

apprendre, pas même la musique : mon seul plaisir était de tapoter sur le piano, que je n'avais jamais appris, tout ce qui me passait par la tête. Ma mère se désespérait de mon inaptitude et, à son grand chagrin, elle se résolut à me mettre dans une pension en renom, où Hérold avait été élevé, la pension Hix, rue Matignon.

Il me fut bien dur de passer des douceurs de la maison paternelle aux rigueurs d'une éducation en commun. Je me rappelle que le jour de mon entrée en classe, un élève récitait le pronom *Quivis*, *quævis*, *quodvis*, et que la barbarie de ces mots me fit frémir d'une terreur indéfinissable. J'ai conservé un si mauvais souvenir des jours de collége que, plus de vingt ans après en être sorti, étant marié et auteur d'ouvrages qui avaient eu quelques succès, je rêvais que j'étais encore écolier et je me réveillais frissonnant et couvert d'une sueur froide.

Quoique protégé par la Cour impériale, professeur des enfants de Murat et de ceux de tous les grands dignitaires de l'Empire, mon père était foncièrement royaliste ; je me rappelle donc moins les splendeurs de l'Empire que les mauvais côtés de cette époque si brillante. Les familles amies de la mienne avaient été décimées par la conscription : ma mère me serrait quelquefois dans ses bras et m'y pressait en s'écriant tout en larmes : Pauvre enfant, tu seras tué comme les autres ; quel malheur que tu ne sois pas une fille !

J'avais près de cinq ans lorsque ma mère devint enceinte. Sa joie fut extrême, car elle se croyait sûre d'avoir une fille qui, au moins, ne lui serait pas enlevée. Son désespoir fut très-grand d'accoucher encore d'un garçon, et la crainte de nous perdre un jour, rendit encore plus vive la tendresse qu'elle avait pour mon frère et pour moi.

Mon père adorait ma mère, et pour lui procurer tous les plaisirs qu'aime une jeune femme, il dépensait tout son revenu qui était assez considérable. Lorsque les armées étrangères envahirent la France, les leçons de piano furent suspendues par presque toutes les élèves, et mon père se trouva réduit à ses appointements du Conservatoire et aux émoluments qu'il recevait dans un ou deux grands pensionnats de demoiselles.

L'occupation de Paris par les Alliés ne fut regardée par ma famille que comme une délivrance. Je me souviens que le jour de l'entrée de ces troupes, mon père me mena, avec mon frère, voir défiler cette immense armée sur les boulevards : la Madeleine n'était pas bâtie, et c'est sur un des tronçons de colonnes en construction que nous vîmes passer l'Empereur de Russie, les autres souverains et toute leur armée, chaque soldat ayant à la tête une branche de feuillage. Les femmes agitaient des mouchoirs aux fenêtres, c'était un enthousiasme impossible à décrire et bien concevable quand on réfléchit que depuis plusieurs mois, les journaux n'étaient remplis que du récit des atrocités commises dans la province par les troupes ennemies, et que les Parisiens voyaient comme par enchantement succéder à leur terreur la sécurité la plus complète.

Cependant, le dérangement des affaires de mon père l'avait forcé de faire quelques réformes dans sa maison. La pension de M. Hix était fort chère, 1,200 fr. par an. On me mit, à ma grande joie, dans un pensionnat de Belleville, tenu par M. Gersin. Chez M. Hix, j'avais reçu des leçons de piano d'Henry Lemoine, un des élèves de mon père. Chez M. Gersin, j'eus pour professeur sa fille, charmante jeune personne qui, plus tard, épousa Benincori, le compositeur, et, devenue veuve, devint la femme de M. le comte de Bouteiller, excellent musicien lui-même et grand amateur de musique.

Mes progrès en latin ne furent pas très-grands chez M. Gersin : il avait inventé une méthode ; elle consistait à donner aux élèves une traduction mot à mot des auteurs latins : le thème que nous faisions devait reproduire exactement le texte de l'auteur C'était impossible à faire, mais nous avions toujours un Virgile, un Horace ou un Ovide ; c'étaient les livres prohibés de cette singulière pension ; nous copiions le texte, et notre maître était émerveillé de notre retraduction en latin. Je sortis de cette pension pour entrer à Paris dans celle de M. Butet; puis mon père, qui demeurait près du collége Bourbon, consentit à me prendre chez lui et à m'envoyer comme externe au collége. Heureux d'échapper au joug de la pension, je promis de reconnaître cette faveur par un travail assidu et je fis une bonne quatrième.

Malheureusement, à la fin de l'année, je me liai étroitement avec un assez bon élève comme moi et qui devait devenir un affreux cancre, grâce à notre intimité : c'était Eugène Sue. Nos deux familles se connaissaient d'ancienne date et cela ne fit que resserrer nos liens d'amitié. Nous nous livrâmes avec ardeur, dès cette époque, à l'éducation des cochons d'Inde; cela devint toute notre préoccupation.

Cependant j'avais obtenu de mon père qu'il me fît apprendre la composition. On ne m'accorda cette faveur qu'à la condition que mes études humanitaires n'en souffriraient pas. Un ami de mon père, nommé Widerkeer, me donna les premières leçons d'harmonie. Mes progrès furent très-rapides parce que j'y donnais tout mon temps. J'étais très-précoce, et j'avais pour maîtresse une couturière qui demeurait en face de ma maison. Je descendais à l'heure des classes du collége et j'allais chez elle faire mes leçons d'harmonie pendant qu'on me croyait au collége. Cela dura pendant trois ans. L'économe ne faisait aucune difficulté pour recevoir les quartiers qu'on lui payait et le professeur ne s'inquiétait nullement de ne voir jamais un élève dont il ne connaissait que le nom. Mon pauvre père ignora toute sa vie que j'eusse fait ma seconde, ma rhétorique et ma philosophie dans l'atelier d'une grisette.

J'avais une passion pour toucher l'orgue. Benoît était professeur de cet instrument au Conservatoire (il l'est encore); il était élève de mon père pour le piano et il fut enchanté de m'admettre dans sa classe. J'improvisais fort bien, mais j'avais grand'-peine à m'astreindre à jouer des fugues et autres choses que je trouvais et que je trouve encore peu récréatives. A peine étais-je entré au Conservatoire, qu'un camarade un peu plus âgé que moi, et répétiteur de solfége, me pria de tenir sa classe pendant qu'il serait en loge à l'Institut. Ce camarade était Halévy. J'allai m'installer à sa place comme répétiteur de solfége avec un aplomb superbe; je n'étais pas en état de déchiffrer une romance, mais je devinais les accords de la basse chiffrée et je m'en tirai si bien qu'on me donna une classe de solfége à diriger; c'est là que j'ai appris à lire la musique en l'enseignant aux autres. Puis j'entrai dans la classe de contre-point d'Eller, un brave allemand qui avait fait dans sa vie la musique d'un petit opéra intitulé : *l'Habit du chevalier de Grammont*, dont le poëme et le jeu de Martin firent le succès.

Eller avait deux passions, l'une pour Chérubini, l'autre contre Catel... Pourquoi cette antipathie contre Catel, le plus doux des hommes?..... On ne put jamais le comprendre. Eller était très-pauvre, et la dernière année de sa vie, il donnait ses leçons chez lui à un quatrième étage de la rue Bellefonds. Un jour que nous allions chez lui, nous le trouvâmes dans sa cour, où il venait de fendre du bois, dont il allait monter une lourde charge à son quatrième. Nous voulûmes l'aider :

— Laissez donc, nous dit-il, depuis que je suis à Paris, j'ai appris à m'accoutumer à tout, à tout, entendez-vous? excepté à la musique de M. Catel.

Eller mourut. On ouvrit un concours pour son remplacement. Ce fut Zimmermann qui l'emporta; mais il fallait opter entre l'enseignement du contrepoint et celui du piano qu'il professait déjà. Il préféra sa classe de piano, et Fétis, le concurrent dont la composition avait le plus approché de celle de Zimmermann, fut élu.

J'entrai dans la classe de Reicha. Ce dernier était aussi expéditif qu'Eller était lent. On faisait en une année le cours de contre-point chez Reicha, il en fallait cinq chez Eller. A peu près à la même époque, Boïeldieu fut nommé professeur de composition ; j'entrai dans sa classe à la formation et ce furent de grands cris au Conservatoire, à l'époque de la création de cette classe, car les œuvres de Boïeldieu y étaient en fort mince estime.

On aura peine à croire qu'à cette époque où je partageais entièrement les préjugés de mes condisciples, je méprisais souverainement la musique mélodique ; je n'estimais absolument que les combinaisons les plus arides et les plus recherchées. Boïeldieu employa quatre années à me réformer et je dois dire avec reconnaissance que je lui dois d'avoir entièrement modifié ma manière d'envisager la musique.

J'ai parlé de mon goût pour l'orgue. Depuis quelques années je remplaçais divers organistes dans leurs paroisses : j'ai successivement joué l'orgue à Saint-Étienne du Mont, Saint-Nicolas du Chardonnet, Saint-Louis d'Antin, Saint-Sulpice et aux Invalides, comme commis de Baron père et de Séjan fils. — Mon goût pour le théâtre n'était pas moins vif que pour la musique d'Église. Je m'étais lié avec le garçon d'orchestre de l'Opéra-Comique, et ce m'était une grande joie quand il pouvait me procurer une entrée à l'orchestre des musiciens. Mon goût était si faux à cette époque, que je ne comprenais nullement le mérite des ouvrages de Grétry et que toute mon admiration était réservée aux sombres opéras de Méhul : il est inutile de dire que j'ai changé du tout au tout.

Le Gymnase venait d'ouvrir pour jouer des opéras : on en avait déjà représenté plusieurs : on en répétait un intitulé *le Bramine*, musique d'Al. Piccini. Un musicien nommé Duchaume, bibliothécaire, copiste, timbalier et chef des chœurs, m'offrit de me faire entrer comme triangle, avec 40 sous de cachet par représentation, à la condition que je lui donnerais mes appointements. J'aurais payé pour être admis, je consentis donc sans peine à ne rien recevoir. Me voilà donc initié aux coulisses, le but de tous mes désirs ! — Mon père n'avait pas voulu que je fusse musicien ; il aurait préféré que j'entrasse dans un bureau ou une étude : mais toute son opposition se borna à me laisser sans argent. Il me donnait la nourriture et le logement, mais rien de plus. Je me tirai de ma position en donnant quelques rares leçons à 30 sous le cachet, en vendant de mauvaises romances et de plus mauvais morceaux de piano au prix de 50 ou 60 francs de musique, prix marqué, c'est-à-dire 25 ou 30 francs.

Mon entrée au Gymnase fut un événement dans ma vie. Je liai des connaissances et des amitiés avec des acteurs et des auteurs ; ce fut, en un mot, mon point de départ. Duchaume mourut et je lui succédai comme timbalier et chef des chœurs aux appointements de 600 francs par an.

C'était une fortune. Je ne donnai plus de leçons à 30 sous et je fis un peu moins de musique de pacotille.

Boïeldieu n'avait pas grande confiance en moi; son préféré était Labarre. Labarre négligea la composition où il aurait réussi pour la harpe où il excellait et avec laquelle il pouvait gagner une vingtaine de mille francs par an. Avec le nom de mon père, j'aurais pu, en persévérant, gagner presque la même somme avec des leçons de piano : j'eus le courage de résister.

Je concourus deux fois à l'Institut, la première fois, j'eus une mention honorable ; la deuxième, le premier grand prix fut décerné à Barbereau, le premier second prix à Paris et j'obtins un deuxième second prix. Boïeldieu fut désespéré de mon *succès;* il ne voulut plus que je me représentasse au concours et il eut raison. Dix ans plus tard Barbereau était chef d'orchestre au Théâtre français. Paris était chef d'orchestre au théâtre du Panthéon et j'avais déjà fait jouer une dizaine d'Opéras.

Cependant pour atteindre mon but d'arriver au théâtre, je pris un singulier chemin. Je me liai avec des auteurs de vaudeville et je leur offris de leur faire *pour rien* des airs de vaudeville qu'ils payaient fort cher aux chefs d'orchestre des théâtres pour lesquels ils travaillaient. J'obtins ainsi mes premiers succès au Vaudeville et au Gymnase, et il me fallut soutenir une lutte violente contre les chefs d'orchestre de ces théâtres. Blanchard, critique musical aujourd'hui et alors chef d'orchestre aux Variétés, parvint cependant à me barrer entièrement la porte de son théâtre. Mais au Gymnase, les airs du *Baiser au porteur*, du *Bal champêtre*, de *la Haine d'une femme*, et au Vaudeville ceux de *Monsieur Botte*, du *Hussard de Felsheim*, de *Guillaume Tell* me valurent l'amitié et les promesses de collaboration des auteurs de ces pièces.

Après mon concours de l'Institut, je fis un voyage en Hollande, en Allemagne et en Suisse avec un de mes amis, le docteur Guillé, un des hommes les plus originaux et les plus spirituels que je connaisse. J'avais rencontré Scribe en Suisse, il me proposa de faire la musique d'un vaudeville pour le Gymnase : j'acceptai avec empressement. Mes cantatrices étaient Léontine Fay et Déjazet ; mes chanteurs : Gonthier, Paul, Legrand et Ferville. Malgré l'exécution j'eus un grand succès et plusieurs airs devinrent populaires. Boïeldieu avait assisté à ma répétition générale et il fut très-surpris de ce que j'avais fait. Scribe m'envoya demander ma note, comme il avait l'habitude de le faire avec les chefs d'orchestre. Je répondis fièrement que j'étais assez payé par l'honneur de sa collaboration, et il me jura qu'il me donnerait le poëme de mon premier opéra. On verra par la date du *Chalet* que je fis bien en n'ayant pas la patience de l'attendre, car j'avais déjà donné plusieurs ouvrages, lorsqu'il consentit, sur les instances de Crosnier et malgré l'opposition de son collaborateur Mélesville, à me donner la pièce (*le Chalet*), qui fut mon premier grand succès, encore me fut-il imposé comme condition que je ne toucherais qu'un tiers au lieu de la moitié des droits d'auteur qui devait me revenir.

Après plusieurs années de ces tâtonnements dans les petits théâtres et entre autres aux Nouveautés où j'avais donné *Valentine*, *Cabel*, etc., Saint-Georges me confia un poëme en un acte : *Pierre et Catherine*. C'était un sujet sérieux, avec beaucoup de chœurs et de développements musicaux. Je n'étais connu que par des airs de Pont-Neuf, c'était une bonne fortune pour moi que d'avoir l'occasion de me révéler dans un tout autre genre. Ma pièce n'avait que quatre personnages : Pierre le Grand, Catherine, un soldat et un fournisseur. Mes rôles étaient destinés à Lemonnier, Mme Pradher, Féréol et Vizentini. Trois acteurs refusèrent : Lemonnier et Mme Pradher parce qu'ils répétaient *la Fiancée* d'Auber, et Vizentini pour faire comme ses camarades ; Féréol seul tint à son rôle parce qu'il était sérieux et que les comiques aiment toujours à faire le contraire de ce qu'ils font habituellement. On me donna Damoreau pour mon rôle principal, Mlle *** qui était enceinte, et l'on ne trouva personne pour remplacer Vizentini. J'avais été camarade au Conservatoire avec Henry : il ne jouait que des basses-tailles nobles et néanmoins je lui offris un rôle essentiellement comique, il l'accepta, et ce fut le premier rôle gai que joua celui qui, dix ans plus tard, devait donner un cachet si heureux au *Biju* du *Postillon*. Cette distribution d'acteurs en seconde ligne me porta bonheur. Mlle *** accoucha à la sixième représentation; elle fut remplacée par Mlle Éléonore Colon, et la pièce eut plus de quatre-vingts représentations.

Je profitai du succès de *la Fiancée* d'Auber : les deux pièces marchèrent ensemble, et j'ai eu, avec mon illustre confrère, le privilége d'être le dernier compositeur exécuté dans l'ancienne salle Feydeau : la dernière représentation donnée dans cette salle que le marteau devait abattre le lendemain se composait de *la Fiancée* et de *Pierre et Catherine* (mars 1829).

J'avais vendu ma *Batelière de Brientz* à l'éditeur Schlesinger pour 500 francs. Pleyel m'offrit 3,000 francs de *Pierre et Catherine*. Une amourette qui devait finir par un mariage m'avait fait quitter la maison de mon père et les 3,000 francs de Pleyel me parurent une somme énorme. J'eus cependant le bon esprit d'en distraire la somme nécessaire à l'acquisition d'un piano et je pus composer sur un instrument à moi, ce qui ne m'était pas encore arrivé.

Quelques jours après la représentation de *Pierre et Catherine*, un auteur de réputation, Vial, l'auteur d'*Aline*, me confia un poëme en trois actes qu'il avait fait en collaboration avec Paul Duport. C'était encore un sujet russe, il était intitulé *Danilowa*. La pièce ne manquait pas d'intérêt et je me mis immédiatement à l'ouvrage. Mais une année s'écoula avant qu'on ne jouât *Danilowa* et c'était trop long à attendre. Je continuai donc d'écrire quelques pièces pour les Nouveautés. Mais le directeur de l'Opéra-Comique tenait à son privilége exclusif et il faisait une rude guerre aux théâtres de vaudeville qui donnaient de la musique nouvelle. Cette prétention absurde d'empêcher des théâtres de préparer des compositeurs et des chanteurs a fait le plus grand tort à l'art musical. Derval, Brindeau, Bressant, eussent été d'excellents ténors, si, au début de leur carrière, on ne leur eût défendu de chanter autre chose que des vaudevilles. Le lendemain de la représentation d'une pièce dont j'avais fait la musique aux Nouveautés, le directeur Ducis envoya une assignation pour s'opposer à ce qu'on continuât de jouer un ouvrage dont les airs étaient nouveaux. Les Nouveautés étaient alors dirigées par Bohain et Nestor Roqueplan, propriétaires du journal le *Figaro*. On venait de jouer à l'Opéra-Comique un nouvel opéra de Carafa : ils répondirent par une contre-assignation qu'ils firent signifier par un huissier nommé l'Écorché : ils y faisaient défense à Ducis de représenter son opéra, prétendant qu'il n'y avait pas un seul air nouveau, que tous les motifs étaient connus et qu'il empiétait sur le privilége des théâtres de vaudeville. Ils publièrent leur assignation dans le *Figaro :* cette facétie eut un succès fou, les rieurs furent de leur côté et le procès n'eut pas lieu.

Danilowa fut jouée dans les premiers mois de 1830. J'avais pour interprètes, Mmes Casimir, Pradher et Lemonnier, MM. Lemonnier et Moreau-Sainti. Le succès fut assez grand, j'eus un morceau bissé, l'air : *Sous le beau ciel de la Provence*, etc. Malheureusement la révolution de Juillet vint interrompre le cours de nos représentations.

J'avais fait en collaboration avec Gide la musique d'une pantomime anglaise, *la Chatte blanche*, pour les Nouveautés : le ministère en voulait défendre la représentation comme excédant les priviléges du théâtre. Les directeurs obtinrent de Charles X la permission d'en faire jouer quelques scènes à Saint-Cloud, devant les jeunes princes qui furent enchantés des bons coups de pied qu'échangeaient les clowns et le pantalon, et l'interdiction fut levée. La première représentation eut lieu le 26 juillet, le jour où parurent les Ordonnances. La seconde ne fut pas achevée et la pièce ne fut reprise que quelques jours plus tard et obtint une centaine de représentations.

Les révolutions ne sont pas favorables au théâtre, celui de l'Opéra-Comique en ressentit l'influence. Ducis fit faillite, et d'autres faillites succédèrent à la sienne. La salle Ventadour semblait maudite. Les Nouveautés manquèrent aussi et les comédiens de l'Opéra-Comique se mirent en société et allèrent exploiter la salle de la place de la Bourse. Le choléra éclata au mois de février 1832. Le premier cholérique, frappé d'une attaque subite dans la rue, était déguisé en polichinelle, et c'est sous ce costume qu'il fut porté à l'Hôtel-Dieu. Il expira dans le trajet.

J'avais épousé la sœur de Laporte, directeur de Covent-Garden, à Londres. Mon beau-frère nous proposa de venir le trouver. Ma femme était enceinte, les affaires étaient nulles et impossibles à Paris ; j'acceptai avec empressement l'offre qui m'était faite. Laporte avait alors une très-belle position à Londres. Directeur d'un théâtre très-important, co-directeur avec Cloup et Pélissier du théâtre français dont il était un des acteurs favoris, sa maison de Londres et son cottage à Whamley étaient on ne peut plus agréables. Je ne savais pas un mot d'anglais et j'eus quelque peine à apprendre la langue. Je la lisais assez facilement au bout de quelques mois, mais j'avais la plus grande difficulté à comprendre ce qu'on me disait. J'étais malade et mon médecin, le docteur Lubellinage, qui parlait fort bien français, m'indiqua le pharmacien où je devais allais chercher quelques drogues. Ce pharmacien ne savait pas un mot de français ; j'essayai de mon anglais : il me comprit à peu près ; mais il me fut impossible de rien comprendre à sa réponse. Je ramassai alors dans ma mémoire tout ce que je savais de latin, et malgré la différence de prononciation, nous nous entendîmes à peu près. Cependant comme nous étions fort mauvais latinistes l'un et l'autre, nous ne faisions que recouvrir nos idiotismes de mots latins, et il s'ensuivait plus d'un quiproquo . ainsi un jour en me donnant une boîte de pilules, mon pharmacien me fit cette recommandation : *Capiendum totâ nocte.* Je fus un peu effrayé de l'idée de passer la nuit entière à avaler des pilules. J'allai confier ma crainte à Lubellinage qui m'expliqua que le latin n'étant que le mot à mot de la tournure britannique, voulait dire : *A prendre chaque soir.*

Mason, directeur du King's théâtre avait engagé Nourrit, Levasseur, Damoreau et Mme Damoreau pour jouer en français *Robert le Diable* alors dans toute sa nouveauté. Meyerbeer vint pour les répétitions : il fut enchanté de l'orchestre à la lecture. — C'est très-bien, dit-il, avec sept ou huit répétitions pour les nuances, cela ira à merveille.

Mais il apprit que les nuances étaient chose inconnue à cet orchestre, le meilleur de Londres, et qu'on ne faisait plus qu'une seule répétition. Il quitta Londres le soir même, sans attendre la représentation. L'ouvrage réussit médiocrement. Nourrit (avec sa voix nazale) déplut complétement : les Anglais crurent que l'organe cuivré qu'affectait Levasseur dans le rôle de Bertram était sa voix ordinaire et ils ne comprirent nullement le mérite de l'artiste. Mme Damoreau fut jugée comme n'ayant aucune espèce de voix. Tout le succès fut pour son mari, chargé du rôle de Raimbaud et pour Mlle Heinnefetter qui jouait Alice.

Quelques années plus tard, Mlle Rachel vint jouer avec une demoiselle Larcher qui jouait les confidentes au Théâtre français et c'est cette dernière qui eut tout le succès.

Il ne faut pas trop nous moquer de ces méprises de la part des Anglais; car lorsque leurs acteurs vinrent à Paris, tout le succès fut pour Abbat, comédien très-médiocre; Macready ne produisit aucun effet et parmi les femmes on ne remarqua que miss Smithson, que son accent irlandais avait toujours rendue antipathique à ses compatriotes. Il faut dire que l'accent irlandais est pour les Anglais ce que l'accent auvergnat est pour les Français.

Quand je sus un peu d'anglais, Laporte me fit faire deux opéras pour Covent-Garden *His first Campaign*, en deux actes et *the Dark Diamond*, en trois actes. Le premier réussit beaucoup, et le second ne fut joué que trois fois. J'ai replacé la musique de ces deux ouvrages dans plusieurs opéras donnés depuis à Paris.

Je retrouvai à Londres deux camarades de collége, de Lavalette et d'Orsay. Le second me présenta à sa belle-mère lady Blessington, qui me donna à mettre en musique une ballade de sa composition *the Eolian harp* que je fis graver à Londres.

Je vis, pendant mon séjour dans cette ville, *la Muette* d'Auber jouée en anglais sur le théâtre de Drury-Lane. A son apparition à Paris, le directeur d'un théâtre anglais envoya le compositeur Bishop pour entendre l'ouvrage. Celui-ci revint à Londres pour déclarer que la pièce était superbe, mais que la musique était comme celle de tous les Français et qu'il fallait qu'il en refît une autre. Cependant le danseur Coulon eut l'idée de mettre *la Muette* en ballet, d'y introduire quelques chœurs de l'opéra d'Auber et de présenter ce pasticcio sur le King's théâtre. L'effet de la musique fut immense, l'ouverture fut bissée et jamais on ne l'exécute moins de deux fois de suite devant le public anglais qui est grand redemandeur et qui exprime son vœu par un mot français comme nous par un mot latin : on dit : *encore!* à Londres et *bis!* à Paris.

Un certain capitaine Livins fit alors la traduction de la pièce de Scribe sur la musique d'Auber, et présenta son travail au théâtre de Drury-Lane. Le célèbre et vieux Braham fut chargé du rôle de Mazaniello et il retrancha de son rôle le duo : *Amour sacré de la patrie* et l'air *du Sommeil*, et comme il ne lui restait plus rien à chanter, il voulut intercaler quelques airs de compositeurs anglais. Livins eut le courage et le bon esprit de s'y opposer, et il proposa à Braham diverses mélodies d'Auber. Le choix du chanteur s'arrêta sur les couplets de Lemonnier dans *le Concert à la cour : Pourquoi pleurer?* pour remplacer l'air *du Sommeil*, et à chaque représentation ce morceau était bissé, ou, pour mieux dire, *encoré* (pour traduire exactement l'*encora* anglais).

Mason avait fait faillite et Laporte le remplaça comme directeur du King's théâtre. Il me demanda alors un ballet en trois actes dont le livret était du maître de ballet Deshayes.

Je retournai à Paris pour écrire mon ballet et je retournai le monter à Londres au commencement de 1834. Je quittai Paris le jour même de l'enterrement d'Hérold. Mon ballet était dansé par Perrot, Albert, Coulon, Mmes Pauline Leroux et Montessu. Il eut un grand succès, même de musique. J'en ai employé quelques fragments dans *Giselle* et un des motifs m'a servi à faire le chœur de la Bacchanale du *Châlet*.

Je revins à Paris dans l'été de 1834; la liste de mes ouvrages suffira pour faire apprécier mes travaux jusqu'en 1839.

Mlle Taglioni, pour qui j'avais écrit *la Fille du Danube*, était depuis un an en Russie; elle m'engagea à aller lui écrire un nouveau ballet. Ce voyage me tenta. Je venais de donner à l'Opéra-Comique *la Reine d'un jour* pour Masset et Jenny Colon; je partis après la seconde représentation et j'arrivai à Saint-Pétersbourg dans les premiers jours d'octobre. L'empereur m'accueillit à merveille; je composai mon ballet qui eut un grand succès. Je vis mourir, presque dans mes bras, un camarade de collége, Eugène Desmares qui avait accompagné Mlle Taglioni en Russie; son enterrement me laissa une triste impression. L'usage russe est de faire une collation dans le cimetière même et dans un bâtiment destiné à cet usage : les invités au convoi y envoient les rafraîchissements qu'on consomme sur place, et l'on se grise assez habituellement dans ces repas funèbres. J'avais voulu suivre à pied le cortége, j'attrapai un froid, je rentrai malade et pendant deux mois je fus entre la vie et la mort. Le hasard m'avait fait trouver à St-Pétersbourg un cousin germain dont j'ignorais l'existence et qui était un médecin distingué. Ce fut à ses bons soins et surtout à la sollicitude de chaque instant d'une personne qui porte aujourd'hui mon nom, que je dus de ne pas succomber à la maladie. Mais j'avais l'esprit frappé et je ne pouvais rester plus longtemps en Russie. Un nommé Cavoz, directeur de la musique de l'empereur, vint à mourir : on m'offrit sa place; les trente mille roubles ne me tentèrent pas et j'eus le bon esprit de refuser. La navigation à vapeur permet d'aller facilement en Russie quand les glaces le permettent; mais une fois l'hiver venu, le retour est difficile. Je dus louer une diligence entière pour pouvoir être ramené aux frontières de Russie; je trouvai heureusement deux compagnons de voyage et il nous en coûta 1,100 roubles pour sortir de Russie, et passer onze nuits dans une abominable voiture.

J'avais un très-vif désir de revenir à Paris et je comptais ne séjourner qu'une semaine au plus à Berlin; mais le lendemain de mon arrivée le comte de Rœdern, intendant du théâtre de Sa Majesté, vint me dire que le roi, son maître, serait satisfait que je composasse un petit intermède pour le théâtre. Je ne connais pas un mot d'allemand, on m'aboucha avec un traducteur, et, à l'aide de quelques brochures françaises, nous arrangeâmes, non pas un intermède pour le théâtre, mais un opéra en deux actes qui fut composé, appris et répété en moins de trois semaines. Le soir de la répétition générale, personne d'étranger ne fut admis dans la salle ; mais le roi, quoique déjà souffrant, était dans sa loge. J'étais assis au coin du théâtre en face. Après la répétition, le comte de Rœdern vint me dire que Sa Majesté *me faisait ses excuses* de ne pouvoir descendre sur le théâtre pour me féliciter, suivant l'usage, mais que sa santé ne le lui permettait pas. Le jour de la première représentation le public se montra si froid, que peu habitué au flegme germanique, je crus à une chute et je me retirai désespéré, avant la fin de la pièce. J'étais seul; jeté sur un canapé dans une chambre sans lumière, lorsque je vois tout à coup la rue s'illuminer de torches et de flambeaux, une admirable musique militaire exécute plusieurs morceaux de mes opéras, et mes amis montent en foule pour me féliciter du grand succès que je venais d'obtenir et dont j'étais loin de me douter.

Je quittai Berlin peu de jours après, enchanté de mon séjour et de l'accueil que j'avais reçu.

De retour à Paris, je trouvai l'Opéra-Comique installé dans la salle Favart qu'il occupe aujourd'hui. Les deux premiers ouvrages que j'y donnai ne furent pas heureux ; le premier, *la Rose de Péronne*, le dernier rôle créé par Mme Damoreau, n'eut qu'une quinzaine de représentations. Le second également en trois actes, intitulé *la Main de fer*, ne fut joué que cinq fois; la pièce était pourtant de Scribe, mais du Scribe des mauvais jours.

J'eus une meilleure chance à l'Opéra, où les succès de *Giselle* et de *la Jolie Fille de Gand* me consolèrent un peu de mes défaites de l'Opéra-Comique.

Crosnier quitta la direction de l'Opéra-Comique et je le regrettai beaucoup; il m'avait toujours été très-dévoué, et c'est à lui que j'avais dû les poëmes du *Chalet*, du *Postillon*, du *Brasseur de Preston*, de *la Reine d'un jour* et de mes ouvrages les plus heureux. Pendant toute sa direction, il s'occupa constamment de me chercher les ouvrages qui convenaient le mieux à la nature de mon talent, et, quoiqu'il ne fût pas musicien et que son goût pour les arts fût absolument nul, son instinct dramatique était si excellent que, presque jamais, il ne se trompa dans son choix.

Son successeur était M. E. Bassèt, censeur dramatique. La fortune de ce dernier était assez singulière. Son frère et lui faisaient leurs études au collége de Marseille, lorsque Mme Adélaïde, sœur du roi, fit une visite à cet établissement. Un des frères Basset chanta devant la princesse une cantate composée pour la circonstance. Mme Adélaïde fut charmée de la ravissante voix du jeune Basset (c'était la seule personne de la famille d'Orléans qui eût du goût pour la musique), elle promit au jeune chanteur de s'occuper de son avenir, et quelques années plus tard elle le plaça dans les bureaux de la Maison du roi, et attacha son frère au ministère de l'intérieur.

J'eus le malheur de me fâcher avec Basset pour des affaires entièrement étrangères au théâtre, et j'appris qu'il avait dit que tant qu'il serait au théâtre on ne jouerait pas un seul ouvrage de moi. Je me voyais perdu sans ressources. J'allai conter mes chagrins à Crosnier; pendant sa direction, celui-ci, locataire du théâtre de la Porte-Saint-Martin, dont il avait été directeur, avait eu l'idée d'établir dans cette salle une sorte de succursale de son théâtre d'Opéra-Comique. Le succès qu'avait obtenu mon orchestration de *Richard Cœur-de-Lion*, lui avait suggéré cette idée. A la Porte-Saint-Martin on n'aurait joué que des ouvrages de l'ancien répertoire : j'aurais été titulaire de ce privilége dont Crosnier aurait été le véritable exploitateur. Le loyer avantageux que lui offrirent les frères Coignard l'avait fait renoncer à ce projet. Il m'en reparla, et comme la salle de la Porte-Saint-Martin n'était plus vacante, il m'engagea à chercher une autre localité, et, en m'éloignant du théâtre de l'Opéra-Comique, à conserver le droit de jouer des ouvrages nouveaux : il m'aida dans les premières démarches que je fis.

M. Thibaudeau avait joué la tragédie à l'Odéon, sous le nom de Milon. Il avait renoncé au théâtre, après avoir épousé la fille d'un sous-intendant militaire, M. de Duni, petit-fils du célèbre compositeur de ce nom. Neveu du représentant, cousin par conséquent de son fils, Ad. Thibaudeau, Milon s'aidait de ses relations de famille, de l'élégance de sa toilette et de certaines façons pour se donner l'apparence d'un crédit imaginaire. Je voulus bien croire qu'il avait trouvé une somme de dix-huit cent mille francs et je l'associai à mon entreprise. Nous allâmes trouver M. Dejean, le propriétaire de la salle du Cirque du boulevard du Temple : il nous promit de nous vendre son immeuble quatorze cent mille francs. Deux cent cinquante mille devaient être payés comptant, le reste en annuités, de sorte qu'on aurait été libéré au bout de dix ans. Sept cent mille francs d'hypothèques étaient remboursables à différentes époques déterminées. Les cinq cent mille restant étaient à Dejean, et c'est cette somme qui se prélevait, à titre de loyers, sur les recettes journalières et s'amortissait pour ainsi dire chaque jour. Il y avait à peu près deux cent mille francs à dépenser pour l'appropriation de la salle à sa nouvelle destination ; je croyais pouvoir marcher avec quinze cents francs de frais journaliers ; l'affaire se divisait en dix-huit cents actions ; Thibaudeau et moi nous en partagions trois cents : la combinaison était excellente. Je fis sur-le-champ ma demande : on me fit d'abord comparaître devant la commission des théâtres. Elle était présidée par le duc de Coigny, fort brave militaire sans doute, mais qui n'avait pas l'intelligence de ces questions. Quand j'eus exposé mon plan : C'est très-bien, s'écria Armand Bertin, vous voulez substituer la musique au crottin, ça me va. Les autres membres parurent être de son avis, et l'on me promit de faire un rapport favorable. Cavé était l'ami de Crosnier et le mien ; il devait nous appuyer, je me croyais donc à peu près sûr de mon affaire ; mais j'avais compté sans un concurrent appuyé de puissantes influences. Depuis six mois je ne m'occupais que de ce projet. L'Opéra-Comique m'était plus fermé plus que jamais. Je n'avais d'autre ressource que ce théâtre. Je pris donc le parti d'écarter la concurrence en la désintéressant. Il fut convenu que mon compétiteur se retirerait et que je lui compterais cent mille francs, dès que j'aurais le privilége.

Le privilége me fut enfin donné tel que je le désirais, avec le droit de jouer tout l'ancien répertoire et même celui des auteurs vivants qui transporteraient leurs ouvrages à mon théâtre.

Il s'agit alors de payer la somme convenue. Thibaudeau me dit que ses bailleurs de fonds n'étaient pas en mesure et ne le seraient que dans un mois. J'avais à peu près 80,000 francs chez Bonnaire, mon notaire, j'allai les lui demander. Il ne voulut m'en donner que cinquante, disant que dans nom propre intérêt il voulait me conserver quelque chose. Bonnaire était un de mes bons amis, c'est lui qui avait placé mon premier argent, et c'était à ses bons soins que je devais d'avoir économisé la somme qu'il avait entre les mains : je cédai à son désir. Un an après il faisait faillite, et je perdais entièrement ce qu'il avait voulu me conserver.

Je payai 50,000 francs comptant et je fis des billets pour pareille somme.

Mais un mois, deux mois, trois mois se passèrent sans que je pusse tirer un sol de Thibaudeau. Je rompis avec lui et je m'associai avec Mirecourt jeune, qui avait été l'homme de d'Arlincourt. Ils avaient eu deux millions pour leur affaire, il s'agissait de les retrouver. Le capitaliste en avait disposé. Mᵉ Châle, agréé au tribunal de commerce, dont ce capitaliste avait été le client, se chargea de notre affaire. Nous achetâmes d'abord la propriété du Cirque, il n'y avait que 250,000 francs à payer d'abord, le reste étant en annuités; 200,000 francs suffisaient pour les réparations, 100,000 francs à me rembourser et pareille somme pour fonds de roulement. On pouvait marcher avec moins de 800,000 francs. On mit l'affaire en actions, il s'agissait d'avoir un banquier pour avancer les sommes nécessaires : nous n'en trouvâmes pas. Nous étions aux premiers mois de 1847. Je commençais à être poursuivi pour le paiement de mes 50,000 francs de billets. J'étais dans une position atroce, les protêts et les jugements se succédaient les uns aux autres, les prises de corps allaient venir. Vitet entreprit de me sauver. Il me fit d'abord prêter personnellement 30,000 francs par Joseph Perrin, pour payer mes billets, puis il me trouva un bailleur de fonds, c'était M. Beudin, député; il nous apporta 300,000 francs : Châle vendit sa charge 260,000 francs; on espéra que les actions placées feraient le reste. On paya la salle, l'on fit faire la restauration dont la dépense s'éleva à 180,000 francs, et nous ouvrîmes le 15 novembre 1847 par un opéra en trois actes, *Gastibelza* de Dennery, musique de Maillart, dont c'était le premier ouvrage. Le succès fut très-grand; je donnai ensuite l'*Aline* de Berton que j'avais réinstrumentée, et *Félix* de Monsigny dont le roi m'avait demandé la reprise.

Nous devions aller jouer cette pièce à la cour, lorsque mourut Mme Adélaïde à la fin de décembre. Nous avions 1,500 fr. de frais journaliers; notre moyenne de recette était de 2,200 fr. Je montai, comme second ouvrage, pour obtenir ma subvention, *les Monténégrins* de Limnander; neveu par alliance du général Rumigny, ce jeune compositeur m'avait été vivement recommandé par son oncle. Mme Ugalde devait débuter dans cet ouvrage ; mes embarras d'argent n'avaient pas cessé, car les fonds dont nous disposions étaient insuffisants ; j'avais fait de nouveaux emprunts ; mais notre affaire était si belle que chacun me présageait l'avenir le plus doré, lorsque la révolution de février éclata comme un coup de foudre. Le 24 février j'étais monté sur la terrasse du théâtre, on se battait dans la rue du Temple, et je voyais passer les blessés qu'on dirigeait sur les hôpitaux. A trois heures passent plusieurs aides de camp à cheval :

-- Mes amis, criaient-ils, il y a un nouveau ministère, criez : Vive le roi !

On ne criait rien, mais les hostilités cessaient : chacun autour de moi était enchanté.

— Voyez-vous, leur dis-je, voilà la fin de la monarchie ; on a cédé à l'émeute, c'est elle qui prendra le dessus.

On me rit au nez ; les théâtres rouvrirent le soir. Je me rappelle que j'allai aux Funambules, le théâtre était plein, les spectateurs criaient : *Vive la réforme!* Je sortis le cœur navré. Je rencontrai un de mes amis.

— Venez donc au boulevard des Italiens, me dit-il, toutes les fenêtres sont illuminées, c'est une joie générale !

Nous n'avions pas fait cent pas que nous rencontrâmes une foule éperdue venant en sens inverse et criant : Vengeance ! on égorge nos frères.

En un clin d'œil, les boutiques se fermèrent et les barricades commencèrent à s'organiser. Je rentrai chez moi, désespéré de voir ma prédiction s'accomplir si vite. . .

A dater de ce jour, nos recettes tombèrent à un taux tel que nous perdions de 1,200 à 1,400 fr. par jour. Nous avions payé le plus que nous avions pu, il n'y avait rien en caisse. J'assemblai toute la troupe, je fis part de notre situation, et, unanimement, on convint de ne pas fermer le théâtre, de *se mettre en république*, de partager la recette dans la proportion suivante : 100 fr. pour l'éclairage, la garde, etc., puis on devait payer les machinistes, les hommes de peine, et ensuite partager également entre les choristes, les musiciens et les chanteurs. On ne pouvait guère partager qu'au delà de 300 fr., et on ne les faisait pas ; mais on pensait que cette disette ne serait que passagère. On vécut ainsi quinze jours, et alors les musiciens de l'orchestre déclarèrent qu'ils cesseraient leur service si on ne les payait pas intégralement. Comme cela était impossible, ils ne vinrent plus et le théâtre ferma !

C'était le comble de ma ruine ; en un jour, je me vis privé de toute ressource : j'avais une maison considérable, 3,000 fr. de loyer, des domestiques, une pension de 2,400 fr. à faire à ma femme dont j'étais séparé, 500 fr. pour le collége de mon fils, et je possédais en tout 100 fr. par mois de l'Institut.

Je renvoyai tous mes domestiques; l'un d'eux

vint me remercier quelques jours après, il venait d'entrer dans les ateliers nationaux, et gagnait 40 sous par jour à ne rien faire. Une négresse, qui nous servait depuis un an, voulut à toute force rester, ne voulant pas être payée, disait-elle, parce qu'elle nous aimait trop et ne pouvait quitter ma petite fille âgée de 18 mois et qu'elle avait sevrée.

J'y consentis, et au bout de trois ans, quand, après bien des privations, j'avais 1,000 francs devant moi, elle nous les vola et nous fit 500 fr. de dettes chez les fournisseurs. J'appris à mes dépens à connaître le dévouement *désintéressé* des nègres. La police républicaine ne put jamais la faire arrêter, et peu de temps après je rencontrai ma *fidèle négresse*, tranquille, et promenant un enfant à des maîtres à qui elle a dû faire la même chose qu'à moi.

J'obtins de mon propriétaire la résiliation de mon bail, mais je lui devais 1,500 fr. Je lui offris en paiement un piano d'Érard qui valait 3,000 fr., il refusa, et je lui donnai en nantissement une assurance sur la vie de mon fils, mais il fallait attendre deux ans pour qu'elle expirât. Mon fils vécut assez pour que je pusse toucher cette somme et m'acquitter. Je vendis toute mon argenterie, tous les bijoux, mes meubles ; je mis au Mont de Piété quelques souvenirs dont je ne voulais pas me séparer, entr'autres une tabatière ornée de diamants, dernier cadeau de Frédéric III, roi de Prusse, qu'il me donna à Berlin. On me prêta 800 fr. dessus, je ne pus la retirer qu'au bout de trois ans; les autres bijoux furent vendus, faute d'en avoir pu renouveler les reconnaissances !

Je devais 70,000 fr., on mit arrêt sur mes 1,200 fr. de l'Institut. J'assemblai mes créanciers, je leur fis abandon de la totalité de mes droits d'auteur jusqu'à parfait paiement; ils acceptèrent, et me laissèrent mes 100 francs par mois.

Mon pauvre père, âgé de 90 ans, fut cruellement frappé par la venue de la république ; il avait vu la première, il s'imagina que la seconde en serait la reproduction; il tomba dans une morne taciturnité et s'éteignit sans maladie et presque sans souffrances le 8 avril. Je n'avais pas le moyen de faire faire ses obsèques. Un ami, Zimmermann, vint de lui-même m'apporter 200 francs. Je ne pus les lui rendre que deux ans plus tard. Une souscription au Conservatoire fit les frais de la tombe de mon père.

Cependant, rien ne venait; il n'y avait pas à penser à gagner de l'argent avec la musique : l'avenir le plus sombre s'ouvrait devant moi. J'allais presque chaque jour voir le docteur Véron, chez qui s'apprenaient toutes les nouvelles. Donizetti venait de mourir : Véron m'offrit de faire, pour le *Constitutionnel*, une notice nécrologique sur mon célèbre confrère : elle devait m'être payée cinquante francs : quelle bonne fortune !

J'avais quelquefois écrit dans des journaux de musique, mais je n'avais jamais songé à me faire une ressource de ma plume, que je ne croyais bonne qu'à aligner des notes. Véron fut assez bon pour me donner quelques conseils dont j'avais grand besoin, et voulut bien me donner temporairement le feuilleton musical du *Constitutionnel*. Chaque feuilleton m'était payé 50 francs, et je pouvais en faire trois et quelquefois quatre par mois : cela m'aida à vivre pendant la première moitié de cette fatale année.

Scribe, à qui j'allai conter ma misère, me donna *Giralda;* c'était un beau cadeau : j'en eus bientôt terminé la musique ; mais M. Perrin venait d'être nommé directeur de l'Opéra-Comique. Enivré par l'immense succès du *Val d'Andore*, que le premier j'avais proclamé dans mon feuilleton, il s'imaginait (et il le croit encore) que le succès ne pouvait s'obtenir à l'Opéra-Comique que par des pièces tristes ou dramatiques. Giralda lui déplut complétement, et, pendant deux ans, il refusa de la monter. Ce ne fut que dans un moment de disette et en plein été qu'il consentit à donner l'ouvrage, qu'il ne joua que le moins possible, persistant dans son opinion sur la valeur de la pièce, même après son succès.

J'avais été présenté au général Cavaignac, président de la République, après le mois de juin. La mort d'Habeneck avait laissé vacante au Conservatoire une place d'inspecteur de classes, rétribuée 3,000 francs.

Je sollicitai la création d'une quatrième classe de composition musicale. Le général, qui connaissait ma position, me l'accorda, malgré tous les efforts qu'on fit pour l'en détourner.

J'eus la place aux appointements de 2,400 francs.

Avec cette somme, mon journal et l'Institut, j'avais 400 francs par mois; je me trouvai riche et je n'ai exactement dépensé que cette somme, jusqu'à l'extinction complète de mes dettes, extinction à laquelle je suis parvenu en 1853.

Il fallait me faire des droits d'auteur pour payer mes créanciers : on ne voulait pas de *Giralda*, et je ne savais que faire.

Mocker vint me prier de lui composer un intermède, pour jouer une seule fois dans une représentation à son bénéfice; cela ne devait rien me rapporter, mais c'était du travail, et pour moi le travail est un bonheur.

J'écrivis le *Toréador* en six jours. Aux répétitions, l'intermède acquit de telles proportions que la représentation de Mocker fut reculée d'un mois. La première représentation eut lieu le jour même où eurent lieu, à Paris, les élections qui amenèrent

Eugène Sue et trois autres députés rouges à la chambre. La consternation fut générale ; je me ressentis de cette panique : malgré le succès évident de mon opéra, pas un éditeur ne voulait me l'acheter.

En ne le publiant pas, je perdais la province. Un ami vint à mon secours et me prêta 1,000 fr. Le baron Taylor venait d'organiser une loterie d'un million au bénéfice des artistes ; il fit souscrire pour dix exemplaires au prix de 100 francs chaque, c'était encore 1,000 francs. Le général Cavaignac me fit obtenir une souscription de pareille somme au ministère de l'Intérieur, et avec ces 3,000 francs je pus être moi-même mon éditeur : je ne fis pas un grand bénéfice, mais au moins je pus m'assurer des droits d'auteur en province, ce qui était un allégement pour mes dettes.

Malgré le succès du *Toréador*, je dus encore attendre plus d'une année avant qu'on consentît à jouer *Giralda*. Pour occuper mes loisirs, je composai une grand'messe de Sainte-Cécile. Le suffrage des artistes me consola un peu du dédain des directeurs, et même, après la réussite de *Giralda*, j'en étais venu à un tel point de découragement et je désespérais tellement de finir de payer mes dettes, que j'allai un jour trouver Perrin et que je lui offris de m'acheter pendant dix ou quinze ans pour 6,000 francs par an : je lui aurais fait autant d'ouvrages qu'il aurait voulu et je n'en aurais pas fait ailleurs : je fus assez heureux pour qu'il refusât ma proposition : c'était une fortune pour lui, et pour moi un empêchement de jamais me récupérer de mes pertes.

En 1850 je perdis ma première femme, de laquelle j'étais séparé depuis seize ans ; au commencement de 1851 j'épousai celle qui avait partagé ma bonne et ma mauvaise fortune, et qui même lors des malheureuses affaires de l'Opéra-National, m'avait donné tout ce qu'elle possédait, et par conséquent l'avait perdu.

Mon fils mourut à l'âge de vingt ans, ce fût un violent chagrin pour moi; mais il me restait pour me consoler une charmante petite fille, mon Angèle, dont mon illustre confrère Auber avait bien voulu être parrain. J'eus une autre enfant, ma pauvre petite Jane, que le Ciel nous reprit au berceau : elle avait pour parrain mon ami d'enfance, presque mon frère, Pierre Erard, et pour marraine sa sœur, Mme Spontini.

Au mois de novembre 1851, je fis une maladie assez grave, la même qui en Russie avait failli m'enlever; mais j'étais entouré des mêmes soins : ma femme, qui m'avait sauvé à Saint-Pétersbourg, et le docteur Marchal de Calvi, qui remplaçait mon cousin, le docteur Adam : grâce à eux je revins à la vie.

A cette époque, Edmond Séveste était directeur de l'Opéra-National, aujourd'hui Théâtre-Lyrique, cet établissement que j'avais fondé, qui a été mon rêve et qui fera un jour la fortune de quelque spéculateur plus heureux que moi. Il vint me demander de lui écrire un petit opéra en un acte ; mais me voyant au lit, il s'apprêtait à aller porter l'ouvrage à un autre; je l'arrêtai à temps :

— Croyez-vous, lui dis-je, parce que je suis malade, que je n'irai pas aussi vite qu'un autre confrère bien portant ? Laissez-moi la pièce et revenez me voir dans quinze jours.

En huit jours de temps et sans quitter le lit j'écrivis ce petit ouvrage : c'était *la Poupée de Nuremberg*. Je me levai le huitième jour pour l'essayer et me le jouer au piano, j'étais guéri : le travail avait tué la maladie.

Ed. Séveste mourut quelques jours après la visite qu'il m'avait faite, et ne vit jamais la pièce qu'il m'avait commandée et qui ne fut jouée que le 21 février 1852.

Romieu, alors directeur des Beaux-Arts, m'offrit la direction du théâtre : je la refusai : je ne suis pas fait pour faire travailler les autres, il faut que je travaille moi-même. Je fus assez heureux pour la faire obtenir à Jules Séveste, et je crois avoir contribué aux succès présents de son théâtre et avoir assuré sa prospérité future.

Pour la réouverture du théâtre en 1852, d'Ennery et Brésil avaient proposé à Séveste un sujet indien, *Si j'étais Roi*, pièce en trois actes qui exigeait du développement et de la mise en scène, demandant que j'en fisse la musique. Je refusai, et je priai Séveste de faire écrire cette partition par Clapisson dont j'aimais le talent et qui depuis longtemps n'avait pas eu d'ouvrage représenté. Mais Clapisson s'occupait d'un pièce en trois actes pour l'Opéra-Comique : *les Mystères d'Udolphe*, il y comptait ; il fallait faire *Si j'étais Roi* vivement, on était alors au 20 mai, et le théâtre devait ouvrir du 1er au 5 septembre. Il ne voulut pas se charger de ce travail. Séveste revint chez moi quelques jours après fort tourmenté.

— J'ai été, me dit-il, chez tous les jeunes compositeurs qui crient tous contre vous, prétendant que vous les empêchez d'arriver. Pas un n'a un ouvrage terminé, et ils ne peuvent, disent-ils, en finir un pour l'ouverture. Il me faut absolument une pièce nouvelle ; je vous en supplie, tirez-moi de là ; je suis au désespoir et je ne sais que faire si vous ne m'écrivez pas *Si j'étais Roi*.

Il fallait opter entre la ruine du directeur et les cris de mes jeunes confrères, qui, malgré leur refus, ne manqueraient pas de tomber sur moi. Il n'y avait pas à hésiter, je dis donc à Séveste d'être tranquille.

— Mais il faut que le 15 juin on entre en répétition, me dit-il.

— Eh bien, assemblez vos artistes pour le 15 juin : voilà huit jours que vous perdez en courant, il faut rattraper le temps perdu.

Effectivement, je me mis au travail le 28 mai ; le 9 juin, le 1er acte était terminé ; on répétait le 15 juin, et, le 31 juillet, toute ma partition était écrite et orchestrée.

Pour cela, j'avais pris un congé ; on répétait sans moi.

Je fus chez de bons amis à Andresy; la campagne n'est bonne, selon moi, que pour travailler, parce qu'on y est tranquille : là on me dressa une petite table sous un bosquet, je m'y mettais dès le matin, et j'y restais toute la journée, n'étant interrompu dans mon travail que par ma petite fille Angèle qui venait m'embrasser ; cela me délassait.

Je terminai dans cette retraite mon 3me acte et mon orchestration.

Je quittai Andresy pour assister à la reprise du *Fidèle Berger*, un enfant malheureux joué au commencement de janvier 1838, et tombé par une cabale de confiseurs ! Couderc l'avait joué à Bruxelles avec grand succès ; il demanda à Perrin de le monter ; c'était au mois de juillet, les confiseurs restèrent tranquilles, et la pièce fit de l'effet.

Merci à Couderc, qui le jouait merveilleusement,

de m'avoir fait revivre cette partition qui n'était connue qu'en Allemagne. Ce fut le premier opéra que l'on me joua à Berlin, lorsque j'y arrivai en 1840. Je fus sensible à cette attention.

L'année 1852 me rendit le courage que j'avais perdu depuis 1848. *La Poupée de Nuremberg* m'avait porté bonheur ; j'écrivis pour l'Opéra-Comique un petit acte avec Planard : *le Farfadet*, puis une cantate de Méry; *la Fête des Arts.*

Mme Hébert Massy venait de s'engager à la Porte-Saint-Martin, pour y jouer un rôle dramatique chantant.

J'écrivis pour elle plusieurs morceaux dans *la Faridondaine*, ainsi qu'un quatuor burlesque que j'arrangeai, paroles et musique, qui eurent un succès fou ; grâce à Colbrun et à Boutin.

Je donnai ensuite à l'Opéra, *Orfa*, ballet en deux actes pour la Cerrito.

Je me rappelle que le 2 décembre, pendant que l'on se battait, grâce au coup d'Etat qui nous sauvait tous, j'étais tranquillement à mon piano, terminant la musique du *Sourd* ou *l'Auberge pleine*, que Perrin m'âvait commandée pour le carnaval.

En ce moment, je viens d'accomplir ma cinquantième année; mais, grâce au Ciel, il n'y a que mon acte de naissance qui m'en rappelle la date.

J'ai toujours la même ardeur pour le travail, et

je n'y ai pas grand mérite, car c'est la seule chose qui me plaise.

La perte de ma fortune ne m'a pas été très-sensible. Je n'ai connu qu'une privation : celle de ne pouvoir plus recevoir mes amis : c'était mon seul et mon plus grand plaisir.

J'ai payé mes dettes ; mais mon frère vient de mourir, me laissant des affaires embarrassées, et ayant mangé de son vivant tout le bien de ma mère qui pouvait avoir quelque valeur ; je n'ai donc nul espoir de retrouver jamais, non pas la fortune, mais même l'aisance. Je mettrai quelque chose de côté pour ma femme et ma fille, mais ce sera bien peu.

Je n'ai malheureusement aucune manie, je n'aime ni la campagne, ni le jeu, ni aucune distraction.

Le travail musical est ma seule passion et mon seul plaisir. Le jour où le public repoussera mes œuvres, l'ennui me tuera.

J'envie à Auber son goût pour les chevaux, à Clapisson, sa manie de collection d'instruments ; ce sont des occupations que les années ne vous enlèvent pas.

C'est la fièvre de la production et du travail qui prolonge ma jeunesse et me soutient.

Je rends grâces à Dieu, en qui je crois fermement, des faveurs, peut-être bien peu méritées, dont il m'a doté ; puisque, malgré ma mauvaise chance en fait d'affaires, il m'a laissé encore assez d'idées pour écrire quelques ouvrages que je tâcherai de faire les moins mauvais possible.

AD. ADAM.

1853.

LISTE COMPLÈTE

DES OUVRAGES

D'ADOLPHE ADAM

1824. Scène d'*Agnès Sorel* qui a obtenu une mention honorable à l'Institut.

1825. *Ariane*. 2e second grand prix.

1826. Différents airs de Vaudeville, au théâtre du Gymnase.

1827. *L'Exilé*, Vaudeville.
La Dame Jaune, Vaudeville.
L'Héritière et l'Orpheline, Vaudeville.
Perkins Warbeck, Nouveautés.
L'Anonyme, Vaudeville.
Lidda, Vaudeville.
Le Hussard de Felsheim, Vaudeville.
M. Botte, Vaudeville.
Le Vieux Fermier, Vaudeville.
Caleb, Nouveautés.

La Batelière de Brientz, Gymnase.
1828. *Valentine*, Nouveautés.
Guillaume Tell, Vaudeville.
Le Barbier châtelain, Nouveautés.
Les Comédiens, Nouveautés.
1829. *Pierre et Catherine*, 1 acte, Opéra-Comique.
Isaure, Nouveautés.
Céline, idem.
1830. *Danilowa*, 3 actes, Opéra-Comique.
Henri V, musique arrangée, Nouveautés.
Les Trois Catherine, Nouveautés.
La Chatte Blanche, Nouveautés.
Trois jours en une heure, 1 acte, Opéra-Comique.
Joséphine, 1 acte, Opéra-Comique.
1831. *Le Morceau d'Ensemble*, 1 acte, Opéra-Comique.
Le Grand Prix, 3 actes, Opéra-Comique.
Casimir, 2 actes, Nouveautés.
1832. *The dark Diaman*, 3 actes, Londres.
The furst Campaign, 2 actes, Londres.
1833. *Faust*, ballet, 3 actes, Londres.
Le Proscrit, 3 actes, Opéra-Comique.
Zambular, Nouveautés.
1834. *Une bonne Fortune*, 1 acte, Opéra-Comique.
Le Chalet, 1 acte, Opéra-Comique.
1835. *La Marquise*, 1 acte, Opéra-Comique.
Micheline, 1 acte, Opéra-Comique.
1836. *La Fille du Danube*, ballet, Opéra.
Le Postillon de Longjumeau, 3 actes, Opéra-Comique.
Messe.
1837. *Les Mohicans*, ballet, Opéra.
1838. *Le Fidèle Berger*, 3 actes, Opéra-Comique.
Le Brasseur de Preston, 3 actes, Opéra-Comique.
1839. *Régine*, 2 actes, Opéra-Comique.

La Reine d'un jour, 3 actes, Opéra-Comique.

1840. *L'Ecumeur de mer*, ballet, 3 actes, St-Pétersbourg.

Den Hamadryaden, ballet-opéra, 2 actes, Berlin.

La Rose de Péronne, 3 actes, Opéra-Comique.

1841. *Giselle*, ballet, 2 actes, Opéra.

La Main de fer, 3 actes, Opéra-Comique.

1842. *La Jolie Fille de Gand*, ballet, 3 actes, Opéra.

Le Roi d'Yvetot, 3 actes, Opéra-Comique.

1843. *Richard*, de Grétry, réorchestré.

Le Déserteur, de Monsigny, réorchestré.

Lambert Simnel, 3 actes, commencés par Monpou, Opéra-Comique.

1844 *Cagliostro*, 3 actes, Opéra-Comique.

Richard en Palestine, 3 actes, Opéra.

Gulistan, de Dalayrac, réorchestré.

Cendrillon, de Nicolo, réorchestré.

1845. *Le Diable à Quatre*, ballet, Opéra.

The Marble Maiden, ballet, Londres.

1846. *Zémire et Azor*, de Grétry, réorchestré.

1847. *Aline*, de Berton, réorchestré pour l'Opéra-National.

La Bouquetière, 1 acte, Opéra.

Félix, de Monsigny, réorchestré, Opéra-National.

1848. *Les Cinq Sens*, ballet, 3 actes, Opéra.

1849. *Le Fanal*, 2 actes, Opéra.

Le Toréador, 2 actes, Opéra-Comique.

La Filleule des Fées, ballet, 3 actes, Opéra.

1850. *Giralda*, 3 actes, Opéra-Comique.

Messe de Ste-Cécile.

1851. *Les Nations*, intermède chanté à l'Opéra pour la visite des Anglais.

1852. *La Poupée de Nuremberg*, 1 acte, Théâtre-Lyrique.

Le Farfadet, 1 acte, Opéra-Comique.